Muffin et Sally vont au Zoo

Auteur : Lucia Miller

Illustrateur Sakha Umrikar

DÉDICACE

Cette dédicace est adressée à tous les enfants, partout dans le monde, qui ont découvert la joie et l'amour de la lecture.

C'était une journée chaude d'avril, la lumière du soleil traversait la fenêtre de l'Apatio. Maman était assise sur le patio en train de tricoter un pull pour Papa. Les chiots Boxer à ses pieds jouaient avec une vieille chaussette de Papa.

"Grrr, grr!" Ils allaient et venaient en tirant sur chaque extrémité de la chaussette grise de Papa, se bousculant mais s'accrochant pour leur vie, "Grr, Grrrrr! C'est à moi, c'est à moi" se regardant méchamment l'un l'autre, tirant encore plus de toutes leurs forces.

"Grrrrr, grrrr! Non, c'est à moi, donne-le moi!"

Muffin, le chat Marmalade, était assis sur le rebord de la fenêtre du patio, fixant les chiots se battre.

Il leur lança un regard noir. Ils étaient les nouveaux bébés de Maman, âgés de trois mois, peut-être quatre mois...

Muffin était tellement jaloux d'eux. Il voulait être le bébé préféré de Maman pour toujours. Mais, un soir, elle est entrée avec une boîte, et les voilà, en train de couiner. Muffin regarda au loin, bâillant, tellement ennuyé.

5

"Maman, maman ! Est-ce qu'on peut aller au zoo aujourd'hui ?" Sally courut joyeusement vers elle et s'agenouilla à ses côtés. Maman sourit à Sally. Elle portait un grand nœud bleu dans ses cheveux et ses boucles blondes virevoltaient autour de son visage. Elle portait aussi son uniforme de marin bleu avec ses chaussures roses brillantes et ses chaussettes blanches. Les yeux bleus de Sally brillaient d'excitation et d'anticipation. Elle était adorable, pensa sa mère. Maman sourit en caressant le visage de Sally.

"Oui, ma chérie, nous le pouvons, c'est une bonne idée, voir tous les animaux, oui, ce serait amusant pour toi."

Muffin bondit du rebord de la fenêtre, décida d'explorer la cour, se dirigeant vers le vieux chêne, dont les énormes branches étaient couvertes de feuilles vertes. Il courut le long du côté de l'arbre et se blottit dans la fourche des branches. Il regarda autour de lui, c'était calme, même les oiseaux ne chantaient pas.

"Hmm, pas grand-chose à faire ici, alors que vais-je faire aujourd'hui ?" Il se lécha les moustaches et les pattes, puis s'arrêta. "Oh, eh bien, peut-être"... Il réfléchit un instant, leva les yeux vers le ciel. "Eh bien, si Sally et maman vont au zoo..."

Un sourire traversa son visage. "Alors peut-être que je peux aussi aller au zoo !" dit-il en se dirigeant vers la maison. Muffin arriva près de la porte, sur le patio, et entendit Sally.

"Et pouvons-nous voir Toby le tigre et Lenny le lion, et Polly le perroquet, et ensuite aller voir Wally la baleine - et n'oublions pas Golly le gorille et son nouveau bébé !" Les yeux de Sally s'ouvrirent en grand. "Oooh, et pouvons-nous voir Peter le panda, aussi, Maman ?" demanda-t-elle en sautant de joie.

"Est-ce que je peux venir aussi, Sally ?" miaula Muffin, "S'il te plaît, Sally ? J'adorerais voir les chimpanzés et les lions - et les singes ! J'adore les singes," implora-t-il. "Maman, puis-je venir avec vous ?" miaula-t-il. Ses yeux s'élargirent. "Je promets d'être sage !"

Sally le regarda en bas, "Oui, bien sûr, Muffin, nous te mettrons dans un sac et tu pourras voir tous les animaux aussi !" Muffin miaula bruyamment, battant de la queue en faisant les cent pas. Il était très excité à l'idée d'y aller.

"Mon Dieu ! - Le zoo ! Quelle journée excitante cela va être après tout !" pensa-t-il.

Maman monta dans la vieille voiture rouge MG, rouge comme un camion de pompiers. Elle adorait cette vieille voiture, partout où elle allait, les gens du village lui souriaient et lui faisaient signe.

Le toit était abaissé et le vent faisait virevolter ses cheveux. Elle portait sa toute nouvelle robe en coton rose et blanc ainsi que son chapeau beige orné d'une plume de paon qui ondulait au gré de la brise, alors qu'elle montait la colline et dépassait les voies ferrées. Sally était assise à ses côtés sur le siège avant, et Muffin était blotti dans un grand sac en cuir marron sur ses genoux. Elle baissa les yeux vers lui en souriant : "Muffin, ça va ?" lui dit-elle en lui caressant la tête, "Ça va être une super journée, attends de voir, n'est-ce pas maman ?" ajouta-t-elle joyeusement.

Maman sourit en regardant Sally et Muffin. Elle conduisit jusqu'en haut de la colline, et autour du virage, avançant péniblement dans la campagne où les vaches et les moutons parsemaient les champs autour d'eux, montant et descendant la colline, passant devant la rivière et traversant le pont, roulant lentement à travers la ville suivante. Ils avançaient doucement dans la rue pavée, lorsqu'une geai bleu les repéra depuis l'arbre et descendit pour se poser sur le haut du siège arrière.

Alors qu'ils passaient devant la ferme devant eux, voyant le geai bleu, un merle volant avec un gros ver juteux dans son bec, avala rapidement le tout, décida de se joindre à lui et vola pour les rejoindre à l'arrière de la voiture.

En tournant le coin, un faucon, perché en haut du poteau téléphonique au-dessus, vit les deux autres en bas dans la voiture, descendit en piqué et les rejoignit.

"C'est une belle journée pour une balade !" dit-il aux deux autres, le sourire aux lèvres. Tous les oiseaux se mirent à rire ensemble.

"Croa, croa ! - Allons tous faire un tour !" dit le geai bleu en battant des ailes, "Heheheehe, c'est génial !"

Le geai bleu continua de battre des ailes, "Heheheehe, c'est génial !" il croassa en souriant.

Sally regarda autour d'elle, applaudissant, en riant : "Oui, c'est sympa que vous veniez avec nous, n'est-ce pas maman ?"

Maman sourit. "Bien sûr, Sally !"

Soudain, une hirondelle, haut dans les nuages, les vit passer et, comme un éclair, descendit en piqué pour les rejoindre.

"Faîtes de la place pour moi !" pépia-t-il, "Où est-ce qu'on va de toute façon ?" demanda-t-il.

"On va au zoo !" cria Sally avec excitation. "Le zoo ? Qu'est-ce que c'est que ça ? Ça a l'air amusant !" Ils gazouillèrent tous ensemble, "Youpi !"

Maman monta la colline et tourna au virage. Les arbres de la forêt étaient au loin et devant eux, se trouvait la campagne avec des chevaux, des moutons et des vaches, dispersés dans différents champs. C'était une si belle journée.

19

Maintenant, plusieurs voitures roulaient dans la même direction, quand soudain, là, c'était les grands portails qui s'ouvraient en grand. Muffin bougeait dans le sac, il leva les yeux et vit la grande enseigne au-dessus, LE ZOO. Les portes du zoo ! Muffin commençait à s'exciter.

"Sally, Sally, est-ce qu'on va voir tous les singes et les chimpanzés ? J'ai rêvé que je jouais avec les singes l'autre nuit, ils m'ont laissé monter sur leur dos !" Muffin miaula. "Oui, Muffin, nous verrons tous les animaux, même l'éléphant pourrait te laisser monter sur son dos si tu as de la chance !" Sally rit.

En se retournant, il vit l'éléphant en arrière-plan. "Oh, Sally ! Regarde ! L'éléphant ! Un vrai éléphant vivant ! Waouh ! J'ai tellement rêvé de monter sur son dos !" Il sautillait excitée.

"J'ai rêvé qu'il me faisait visiter tout le zoo, et j'ai rencontré tous ses amis !" Sally rit avec excitation, cette journée promettait d'être tellement amusante après tout.

"Waouh, tous ces animaux ici ?" Il se demandait comment ils pouvaient s'occuper de tous ces animaux différents venant de différentes parties du monde - et tous ici !

"Oooh, maman, n'est-ce pas amusant ?" s'écria-t-elle, les yeux brillants, en sautant hors de la voiture, tenant Muffin.

23

Le faucon, le merle, le geai bleu et l'hirondelle voletaient au-dessus d'eux, battant des ailes avec excitation. "Dépêchez-vous ! Regardez tous ces animaux ! Waouh !" ils gazouillaient, "Youpi !"

Maman sourit. "Je prendrai sept billets, Muffin doit être compté !"

"Youpi !" Ils battirent des ailes en signe d'accord. Maman se dirigea vers le guichet et acheta les billets, se dirigeant lentement vers le contrôleur de billets. Elle leva les yeux vers les oiseaux qui volaient en groupe au-dessus d'elle.

Le merle descendit en piqué et se percha sur la casquette du contrôleur de billets en criant, tellement excité...

"J'ai les billets - qu'est-ce que vous en dites maintenant ?" Ma les agita au-dessus de sa tête.

"Génial !" dit le faucon. "Génial !" cria le merle. "Fantastique !" hurla l'hirondelle.

Maman tenait fermement les billets dans ses mains, les agitant de nouveau vers les oiseaux.

Elle regarda sévèrement, "Non, non, non ! Maintenant," elle les regarda, "Qu'est-ce que vous dites ?" en les agitant une fois de plus.

"Sally, qu'est-ce que tu dis ? Les oiseaux ne semblent pas savoir, mais toi, tu sais, n'est-ce pas ?"

"Merci, Maman !" s'écria-t-elle, "Oui, merci !"

Le faucon regarda Sally, "Merci ?" répéta-t-il, "Qu'est-ce que ça veut dire, Sally ?" il gazouilla.

Sally sautillait autour de sa mère et riait aux éclats devant les oiseaux, "C'est ce que tu dis quand quelqu'un fait quelque chose de gentil pour toi - ou pour toi, bien sûr !" Elle fronça les sourcils devant les oiseaux, posa ses mains sur ses hanches et se pencha en avant. "Votre mère ne vous a jamais appris ça ?"

"Je n'ai jamais entendu ces mots auparavant !" croassa le merle. Il battit des ailes dans les airs. "Oui !... Qu'est-ce que c'est que ça ?"

L'hirondelle volait en cercles rapides au-dessus de sa tête, gazouillant bruyamment, "Moi non plus ! Allez, entrons !" alors qu'il repérait la trompe de l'éléphant par-dessus la haie. Le visage de Sally devint pourpre.

Elle tapa du pied, "Non ! On n'entre pas tant que vous n'aurez pas dit "Merci" à Maman ! Elle vous a acheté un billet pour entrer et voir tous les animaux et vous devez lui dire "Merci" pour avoir fait quelque chose de gentil pour vous tous !"

Muffin se débattit et sortit la tête de son sac. "Merci, Maman ! J'ai dit merci, mais tu ne m'as jamais entendu !"

Il regarda les oiseaux et fronça les sourcils. "Je suis honteux de vous tous !" dit-il en levant le poing vers les oiseaux, "On vous a emmenés ici et vous ne pouvez pas être gentils avec Maman ? Où sont vos bonnes manières ?"

Le faucon observait le geai bleu, qui attendait, assis sur la clôture près du contrôleur de billets. Muffin regardait tous les autres garçons et filles avancer et passer devant le contrôleur de billets pour entrer dans le zoo. Il était impatient de voir les singes, les girafes, les lions et les ours à l'intérieur du parc. Il regarda l'hirondelle et le geai bleu, gazouillant bruyamment.

Le faucon écoutait attentivement Sally, penchant timidement la tête.
« Peut-être devrions-nous dire merci à la mère de Sally », pensa-t-il.
« Oui, elle a été gentille avec nous. Ce serait la bonne chose à faire,
vous ne pensez pas ? » dit-il en gazouillant en regardant autour de lui.
« Les billets coûtent beaucoup d'argent et la maman de Sally les a
payés pour nous, donc nous n'avons pas eu à payer ! Et plus tard, elle
pourrait nous acheter un hamburger quand nous aurons faim - ou peut-
être une glace, ou peut-être un soda ! »

"Ouais !" trilla le geai bleu, "J'en voudrais un maintenant !" alors qu'il volait dans le parc et se posait sur le sommet de la tête de l'éléphant.

Le faucon baissa la tête honteusement, regarda les autres oiseaux un instant, qui regardaient avec excitation par-dessus la haie pour voir la girafe de l'autre côté. "Hé ! Vous les gars ! Attendez un peu, d'accord ?" leur dit-il en bourdonnant autour d'eux. "Vous savez, Sally a raison ! Si ce n'était pas pour la maman de Sally, nous ne serions pas en train d'aller au zoo !"

Il regarda autour de lui, "Personne ne nous a jamais emmenés au zoo auparavant. Est-ce que votre maman l'a fait ?" leur demanda-t-il.

Muffin bailla, "Pff, ces oiseaux ne savent rien !" grogna-t-il.

"Non, ma maman ne savait pas qu'il y avait un zoo ici !" dit l'hirondelle. "Mes parents non plus !" croassa le geai bleu, alors qu'il voletait près de la clôture, attendant impatiemment d'entrer. Il avait hâte de voir les lions rugissants plus loin. "Alors, Monsieur l'Hirondelle, que dites-vous à la maman de Sally ?" Muffin commençait vraiment à être contrarié par eux. L'hirondelle regarda rapidement autour de lui, descendit vers la maman de Sally, lui embrassa la joue et dit, "MERCI, maman !"

Le faucon regarda M. Geai bleu, "Et toi, que dis-tu ?" Il parut désolé un instant, s'envola jusqu'à la maman de Sally et se posa sur son épaule, approchant sa tête de son cou, l'embrassa rapidement et dit, "MERCI, maman !"

Et sur ce, M. Faucon s'envola vers l'autre épaule de la maman de Sally, approcha sa tête de son cou et gazouilla, "MERCI maman !" tandis que M. Merle s'envola vers son chapeau beige où la plume de paon s'agitait de droite à gauche.

Et d'une seule voix, ils chantèrent "MERCI MAMAN, MERCI MAMAN POUR ÊTRE SI GENTILLE AVEC NOUS - ON T'AIME !"

Sally commença à courir vers la porte, ils entrèrent tous lentement dans le parc, souriant et riant. Les oiseaux volaient en cercles, gazouillant bruyamment, tellement excités. "Nous sommes au zoo ! Regardez ! Il y a les singes là-bas !" Et ils partirent.

Muffin se déplaça dans le sac, regardant les oiseaux d'un air sévère. "Il était temps !" Il farfouilla dans son sac et trouva quelques bananes. "Bon, où sont les chimpanzés et les singes... ?" Muffin se redressa dans le sac en cuir, aperçut les singes et éclata de rire. "Youpi !" s'écria-t-il avec excitation en agitant les bananes. "Quelle super journée !"

ABOUT THE AUTHOR & ILLUSTRATOR

L'auteur Lucia Miller a déjà écrit un livre du genre Women's Adult, racontant l'aventure d'une jeune femme travaillant et cherchant le bonheur, qui est une montagne russe d'humour, de plaisir et de folies à travers Miami, Ft. Lauderdale et la Big Apple. Elle élargit maintenant ses expériences d'écriture pour les enfants, les emmenant dans un monde de fantaisie, de plaisir et de magie avec une série d'aventures excitantes mettant en scène le charmant Muffin, le chat à la confiture d'orange. On peut contacter Lucia à l'adresse suivante : luciamillerbooks@yahoo.com. Merci et bienvenue dans mon monde !

Sakha Umrikar est un illustrateur professionnel primé originaire de Mumbai. Il possède près de 20 ans d'expérience dans le domaine de l'art commercial et a contribué à plusieurs livres illustrés et films d'animation en Inde et à l'étranger.